文 **瑪莉．莫瑞** Marie Murray

瑪莉來自美國新澤西州,現在和家人住在黎巴嫩山區,每天都有越來越多的流浪貓來訪。在學習國際政治的同時,曾在世界多個地方生活和工作。開始寫兒童故事後,喜歡以好奇角度和幽默的方式觀察世界。

圖 **漢娜尼．凱** Hanane Kai

從美國聖母大學畢業後,先從事平面設計,之後追求她的理想——插畫、攝影和微縮模型設計。她用視覺效果來表現自己的觀點,希望透過每張插畫來觸碰讀者,並帶給他們不同的情感或想法。她所繪圖的書 Tongue Twisters,獲得義大利波隆那兒童書展拉加茲童書獎中的「新視野獎」。

譯 **李貞慧**

國立臺灣大學外國語文學系碩士,現任高雄市立後勁國中英語教師。重度繪本愛好者,這些年熱情走在「用繪本翻轉英語教學」及「推廣大人閱讀繪本」的路上。目前已有五百多場「英文繪本親子共讀」與「英文繪本教學」相關場次的演講經驗,另譯有繪本數十冊。

為什麼會有權利與平等?

世界中的孩子 ⑤

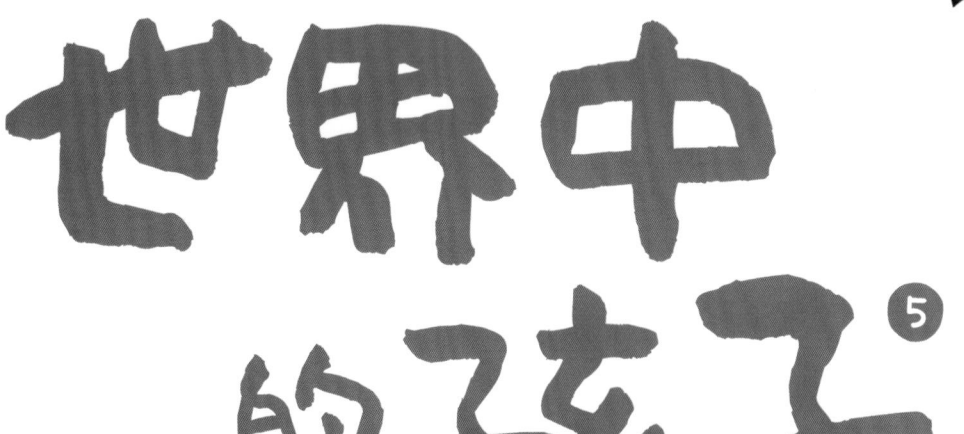

文 瑪莉·莫瑞
Marie Murray

圖 漢娜尼·凱
Hanane Kai

譯 李貞慧

正義

平 等

目錄

自 由

生而為人，有一些很重要的事物是我們必須擁有的，這樣才能生活得舒適且安全，它們稱為權利。

4

所有人都生而平等，也擁有相等的價值。意思是，我們全都擁有均等的權利，這和我們是年輕還是年老；是生病還是健康；是貧窮還是富裕無關。這也和我們在哪裡出生，擁有何種膚色，或是信仰什麼宗教都沒關係。

5

你可能有一些想做的事和想要的東西，例如去動物園參觀或買新玩具，不過這些和你必須要有的權利並不相同。那麼，我們該如何明白其中的差異，並決定我們的權利是什麼呢？我們要如何確保世界上所有人都受到平等對待，並擁有他們所需要的一切呢？

1948年， 一群來自許多不同國家的人， 共同商定了一份全世界的人都應該享有的權利清單， 這份清單被稱為《世界人權宣言》。 由於這份宣言是在很久以前制定的， 我們可以不斷補充。 但當我們談論人權時， 這份宣言是一個很好的起點。

《世界人權宣言》

人權宣言一開始就提到的是，人類有生存和獲得安全的權利，這項權利被稱為「生存權」，這是所有人權的起點。

工作是生活中非常重要的一部分，人們需要工作機會，以獲取薪資報酬來購買所需的東西，並購買一些想要的東西來照顧家人。伴隨工作權而來的則是休息、恢復體力和享受生活的權利。

每個人也都有權利成為自由、不受奴役的人。 奴役的形式有很多種，最常見的是被迫大量工作， 但僅獲取微薄的酬勞， 或根本沒有報酬。

所有人應該都有機會過健康的生活，有權利獲得食物、衣服和居住的地方。生病時，能夠去看醫生；失業、重病，或是年邁到無法照顧自己時，能夠得到政府與社會的幫助。

你可能喜歡上學，但有時候又不怎麼想去上學。然而，如果你永遠沒辦法去上學，你的感受會如何呢？所有的孩子都有權利去上學，接受良好的教育，這樣才能在未來的人生中實現理想。

每個人都可以依自己的意願與他人結婚，組成家庭。如果自己沒有意願，或者年紀太小，任何人都不應該被迫結婚。

每個人都有權利選擇自己的信仰，並保有自己的觀點。只要他們的信仰不會促使自己傷害別人，人人都可以成為他們所選擇的宗教的一份子，當然也可以選擇不信仰任何宗教。同樣的，每個人都有權利離開他們想要離開的宗教。不同的宗教信仰與不同的觀點，有助於人們相互學習，看見並理解各自相異立場的想法。

每個人都應該受到公正法律的保護，並在法庭上得到公平的審判。任何人在定罪前，都應該有機會站在法庭上，對法官或陪審團說明事件的來龍去脈。法官或陪審團也應該公平審理，並檢視證據，以判定這個人是無辜還是有罪。

即使在監獄裡服刑， 人們依舊享有權利。 所有形式的虐待刑求， 都是違反人權的。 縱使有人做了非常糟糕的事， 他們也不該遭受酷刑折磨。

如果制定好的法律，無法保護自己國家的人民，那麼人民有權離開，前往其他區域或國家，好讓自己獲得安全保障。當人們處於危險之中，他們有權遷移到安全無虞的新環境。

有時候，其他國家並不歡迎那些試圖逃離危險的難民。政府甚至會忽視難民的人權，並宣稱不歡迎難民。

　　令人難過的是，雖然我們都應該享有這些人權，但這個世界還不是公平且平等的。並非每個人都擁有他們所需的事物，包括安全、家園和食物。

　　有些人們住在戰區、難民營或缺乏足夠食物的地方；有些父母沒有足夠的錢送孩子上學；有些國家的政府不公平，他們可能會監禁或虐待折磨反對他們的人。

身處不是每個人權利都得到尊重的地方，有些人會為爭取平等而奮戰。他們被稱為人權激進份子。有些人可能選擇參加抗議遊行；有人則選擇大聲疾呼或寫信給政府官員，提醒他們正視那群被惡劣對待的人們；有些人自己更成為從政者，試圖為變革而奮鬥。

兒童和成年人一樣享有權利，他們有權利獲得食物、家庭和照顧，同時也有玩耍的權利。父母共同承擔撫養子女的責任，而且應該為孩子做最適切的安排。

政府應該協助父母照顧他們的孩子，例如提供免費學校教育、醫療保健，或是在家庭需要的時候，提供住房資金補助方案。

每個人都應該做點什麼，以確保周遭的所有人，都能被平等與尊重的對待。

有時候，有的人會因為與他人不同，或者根本就沒有任何原因，便遭受排擠和霸凌。霸凌者經常不會發現自己對他人的傷害有多深。保護遭到霸凌的同學或孩童，並要求霸凌者停止欺負他人，是為平等奮戰並激勵其他人也加入反霸凌行列的一種勇敢方式。

平等

自由

捍衛人權與平等並不容易，卻是正確的事情。將來你也可能會遇到沒有被善待的處境，到時候你一定會希望有人為你挺身而出。

　　每一天，人們都在努力確保每個人的權利受到保護。你可以做些什麼事來捍衛人權呢？

學一學本書中的相關用詞

平等的 equal

具有相同的價值。

信仰；信念 belief

人們堅信的想法或價值觀。

從政人士
politician

被選為政府成員的人。

霸凌 bullying

試圖傷害或恐嚇他人。

陪審團 jury

歐美司法制度，由不特定公民所組成參與審判的團體。

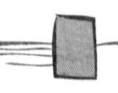

監獄 prison

人們犯罪或違法時被關押的地方。

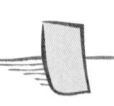

政府 government

領導國家的一群人。

法官 judge

具有司法審判權，在法院依法裁量刑責的人。

意見；看法
opinions

不完全以事實為基礎的觀點或思考方式。

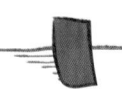

難民營 refuge camps

人們在逃離他們國家的戰爭或艱困時所停留的臨時住所。

責任 responsibility

有義務處理某事或對某人進行控制。

奴役 slavery

將他人視為財產，逼迫他們工作，只給予微薄工資甚至不給予工資。

宗教 religion

一群有著共同信仰並經常聚在一起從事敬拜活動的成員。

權利 rights

人們需要並且應該擁有的事物以便能夠過良好且安全的生活。

尊敬 respect

有尊嚴地對待某人或某事。

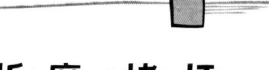

折磨；拷打 torture

對他人造成蓄意的傷害。

本系列與中小學國際教育能力指標對應表

本系列扣合「中小學國際教育能力指標」之學習目標，期待透過本系列的文字及圖畫，孩子、家長及教師能一同探討世界上發生的重大議題，進而引發孩子關懷的心，讓孩子在往後的人生道路中，能夠時時關心這個世界並付出己力。

備註：表格中以色塊代表哪一繪本，並於其中標註頁數

為什麼會有**權利與平等**？　為什麼要**遵守規則並負責任**？　為什麼要**尊重文化多樣性**？　為什麼要**保護我們的地球**？

中小學國際教育能力指標（基礎能力）

目標層面	能力指標編碼與學習內容	本系列相應內容
國際素養	2-1-1 認識全球重要議題	文化多樣性 P4-28　權利與平等 P4-28 規則和責任 P4-28　地球與永續 P4-28
	2-1-2 體認國際文化的多樣性	文化多樣性 P4-28
	2-1-3 具備學習不同文化的意願與能力	文化多樣性 P22-28
全球責任感	4-1-1 認識世界基本人權與道德責任	文化多樣性 P24-28　權利與平等 P4-28　規則和責任 P6-7
	4-1-2 瞭解並體會國際弱勢者的現象與處境	文化多樣性 P24-28　權利與平等 P4-28　規則和責任 P20-21

中小學國際教育能力指標（中階能力）

目標層面	能力指標編碼與學習內容	本系列相應內容
國際素養	2-2-1 瞭解我國與全球議題之關連性	文化多樣性 P6-10　地球與永續 P4-29 權利與平等 P26-29　規則和責任 P4-28
	2-2-2 尊重與欣賞世界不同文化的價值	文化多樣性 P4-28
全球競合力	3-2-3 察覺偏見與歧視對全球競合之影響	文化多樣性 P22-28　規則和責任 P4-28
全球責任感	4-2-1 瞭解全球永續發展之理念並落實於日常生活中	地球與永續 P4-28
	4-2-2 尊重與維護不同文化群體的人權與尊嚴	文化多樣性 P4-28　權利與平等 P4-28　規則和責任 P4-28

中小學國際教育能力指標（高階能力）

目標層面	能力指標編碼與學習內容	本系列相應內容
國際素養	2-3-1 具備探究全球議題之關連性的能力	文化多樣性 P4-29　地球與永續 P4-29 權利與平等 P4-29　規則和責任 P4-29
	2-3-2 具備跨文化反思的能力	文化多樣性 P22-27　權利與平等 P26-29　規則和責任 P28-29
全球責任感	4-3-1 辨識維護世界和平與國際正義的方法	文化多樣性 P26-29　權利與平等 P18-29　規則和責任 P20-25
	4-3-2 體認全球生命共同體相互依存的重要性	文化多樣性 P18-29　規則和責任 P20-21

知識繪本館

為什麼會有權利與平等？

世界中的孩子⑤

作者｜瑪莉‧莫瑞 Marie Murray
繪者｜漢娜尼‧凱 Hanane Kai
譯者｜李貞慧
責任編輯｜詹嬿馨
美術設計｜蕭雅慧
行銷企劃｜翁郁涵、張家綺

天下雜誌群創辦人｜殷允芃
董事長兼執行長｜何琦瑜
媒體暨產品事業群
總經理｜游玉雪
副總經理｜林彥傑
總編輯｜林欣靜
行銷總監｜林育菁
主編｜楊琇珊
版權主任｜何晨瑋、黃微真

出版者｜親子天下股份有限公司
地址｜台北市104建國北路一段96號4樓
電話｜（02）2509-2800　傳真｜（02）2509-2462
網址｜www.parenting.com.tw
讀者服務專線｜（02）2662-0332　週一～週五 09:00~17:30
讀者服務傳真｜（02）2662-6048
客服信箱｜parenting@cw.com.tw
法律顧問｜台英國際商務法律事務所‧羅明通律師
製版印刷｜中原造像股份有限公司
總經銷｜大和圖書有限公司　電話：（02）8990-2588

出版日期｜2022年10月第一版第一次印行
　　　　　2024年 5 月第一版第二次印行
定價｜320元
書號｜BKKKC222P
ISBN｜978-626-305-307-6（精裝）

訂購服務
親子天下Shopping｜shopping.parenting.com.tw
海外‧大量訂購｜parenting@cw.com.tw
書香花園｜台北市建國北路二段6巷11號　電話｜（02）2506-1635
劃撥帳號｜50331356 親子天下股份有限公司

立即購買 >

國家圖書館出版品預行編目資料

世界中的孩子5：為什麼會有權利與平等？瑪莉‧莫瑞(Marie Murray) 文 ／；漢娜尼‧凱(Hanane Kai) 圖；李貞慧 譯 . -- 第一版 . -- 臺北市：親子天下股份有限公司, 2022.10
32 面；22.5×22.5 公分 注音版
譯自：Rights and equality
ISBN 978-626-305-307-6（精裝）

1.CST: 平等　2.CST: 權利　3.CST: 繪本

571.92　　　　　　　　　　　　　　111013207